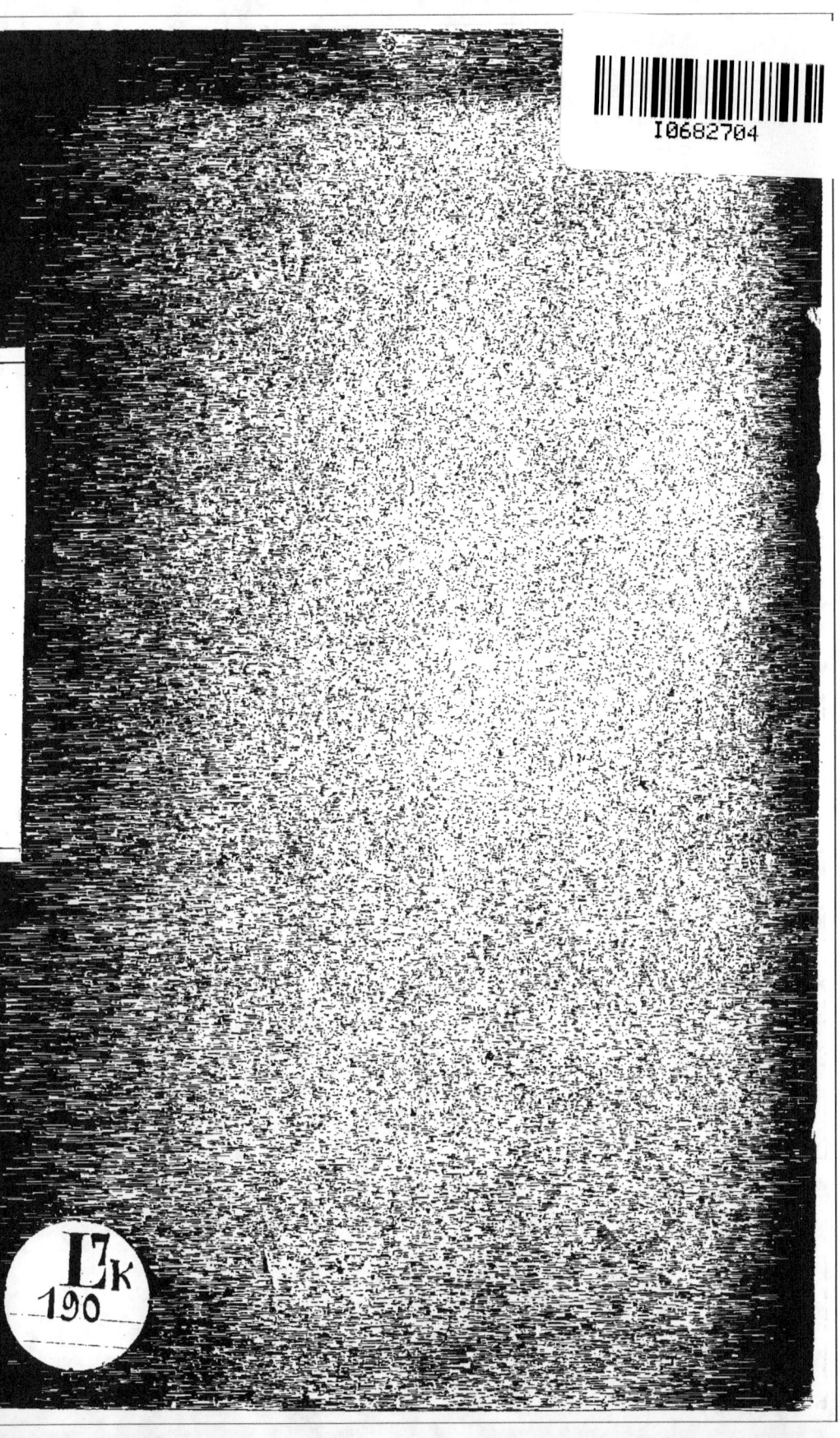

7

LK 190.

DISCOURS

PRONONCÉ

DANS LA SÉANCE PUBLIQUE

DE LA

SOCIÉTÉ DES ANTIQUAIRES DE PICARDIE,

du 19 Août 1849,

À L'OCCASION DE L'INAUGURATION DE LA

STATUE DE DU CANGE,

Par le D.ʳ RIGOLLOT.

AMIENS,

Imprimerie de DUVAL et HERMENT, place Périgord, 3.

—

1851.

Extrait du tome XI des Mémoires de la Société des Antiquaires de Picardie.

DISCOURS

PRONONCÉ PAR M. LE PRÉSIDENT DE LA SOCIÉTÉ

DES ANTIQUAIRES DE PICARDIE.

MESSIEURS,

Nous devons au nom vénéré de Du Cange l'éclat tout extraordinaire que donne à cette séance la présence d'un si grand nombre de personnes distinguées par leur savoir ou leurs hautes fonctions, que cette salle, où se sont passés cependant des événements bien mémorables, n'a peut-être jamais renfermé une plus belle réunion. Nous y voyons des représentants du peuple, des magistrats, des littérateurs, des archéologues, des délégués de plusieurs sociétés savantes, françaises et étrangères, qui tous ont répondu avec empressement à notre appel. Mais ce qui nous honore surtout, c'est la députation solennelle de l'Académie des inscriptions et belles-lettres, sans contredit le premier corps savant de l'Europe, représenté ici par ses membres les plus illustres.

Et Du Cange, cause de cette affluence, lui dont l'extrême modestie surpassait seule l'immense savoir, qui renvoyait à Mabillon les savants étrangers que lui adressait Mabillon, comme à l'érudit le plus profond de son temps, qu'effarouchait le moindre éclat qui eût dérangé ses études solitaires, lui dont le grand roi n'avait même jamais vu la figure, quel serait son étonnement si, rappelé à la lumière comme un nouvel Epiménide, il apprenait qu'une fête se prépare en son honneur, qu'une statue va lui être érigée sur une des places publiques de sa ville natale, aux acclamations de ses concitoyens et des savants les plus célèbres accourus pour y applaudir.

Du Cange était un honorable magistrat d'une vertu exemplaire, d'une douce piété, d'une simplicité de mœurs antique, modéré dans ses désirs, dépourvu de toute ambition; il n'a jamais eu qu'une passion, mais celle-ci le posséda tout entier dès sa jeunesse et ne le quitta qu'avec la vie. — Cette passion était celle de l'étude, et elle a fait son bonheur et sa gloire.

Si parmi les personnes qui m'écoutent, plusieurs occupent un rang élevé parmi les savants et se sont fait un grand nom par leurs écrits, c'est qu'ils ont eu aussi la même passion, c'est qu'ils ont connu, comme Du Cange, les jouissances du travail. — Au lieu de les plaindre du labeur incessant auquel ils se livrent, au lieu d'estimer comme une peine les longues veilles pendant lesquelles ils poursuivent leurs recherches, félicitons-les de posséder cette ardeur à laquelle ils doivent leurs plaisirs les plus vifs et leur renommée.

Ce qui fait surtout honneur à Du Cange, c'est d'avoir su appliquer un jugement sain, une vaste intelligence, une mémoire sûre à des sujets d'une utilité permanente, à des œuvres dont on apprécie d'autant plus la valeur qu'on est déjà plus éclairé ; quel est l'homme, ayant quelque peu réfléchi sur sa destinée, sur les évèncments dont il est le témoin, qui ne désire posséder sur ceux qui ont signalé les siècles passés, des notions plus satisfaisantes que ces vieilles croyances, ces récits fabuleux dont se contentaient les anciens. — Quel but plus utile peut-on se proposer que de dégager l'histoire des ténèbres qui en obscurcissent des périodes entières, et de rendre accessibles des régions comme perdues dans la longue carrière parcourue par l'espèce humaine.

A l'époque où vivait Du Cange, tout ce qui touchait à l'histoire du moyen-âge et des peuples nouveaux qui, à la chute de l'empire romain, s'en partagèrent les débris, était entouré de difficultés inextricables ; les mots étaient incompris, les choses ignorées ; les uns étaient barbares, les autres étrangères à ce qu'on avait pu apprendre dans les auteurs classiques.

Du Cange qui, dès son adolescence, s'était proposé comme occupation de toute sa vie d'étudier à fond l'histoire de France, entreprit à lui seul une tâche immense et dont tout autre se fût justement effrayé, celle d'éclairer toutes les parties obscures du vaste sujet qu'il avait choisi, et de faire pour ainsi dire sortir du cahos un monde nouveau. — Avant qu'il eût publié le résultat de ses innombrables recherches, on ne pouvait songer à écrire sur ces temps couverts d'ombres épaisses aucune composition historique satisfaisante, et c'est seulement avec leur secours qu'on a pu mettre au jour ces ouvrages qui font époque dans notre littérature, et marquent les progrès de la raison humaine : comme l'*Esprit des loix* et l'*Essai sur les mœurs des nations.*

L'étude des langues, première base de toute instruction, surtout celle des idiomes nés du mélange des peuples divers qui renouvelèrent l'Europe, avait besoin d'être reprise presqu'en entier. — Du Cange a ouvert glorieusement cette carrière par ses *glossaires*, où non seulement il fit connaître les altérations qu'avaient subies à la longue le grec et le latin, mais aussi ce qu'y avaient ajouté les races conquérantes venues soit du Nord, soit des steppes de l'Asie.

En même temps, il recueillait dans des manuscrits sans nombre, dans des chartes et des titres de toute espèce, dans les écrits des trouvères et des romanciers du moyen-âge qu'il compulsait avec une ardeur infatigable, les premiers éléments de ce langage nouveau, produit d'un latin corrompu, qu'on voit se dégager peu à peu de ses langes, et dont on suit avec tant d'intérêt les progrès dans les curieux récits de Ville-Hardouin, du sire de Joinville, de Froissart, de Monstrelet, et qui devint plus tard le français d'Amyot et de Montaigne, puis, au siècle où vécut Du Cange, celui de Molière, de Pascal et de Bossuet.

Enfant de la Picardie, recherchant avec amour tout ce qui était relatif à notre province, Du Cange n'eut garde de négliger son langage, qui a été longtemps le principal dialecte du nord de la France, celui dans lequel d'illustres étrangers écrivaient de préférence, lorsqu'ils voulaient que leurs œuvres fussent reçues avec plus de faveur ; et sans doute que son âme tressaillirait de joie si elle pouvait voir couronner, comme nous allons le faire, le mémoire si curieux, si plein d'aperçus ingénieux et d'érudition, qu'un de nos collègues (1), répondant à notre appel, a composé sur le Picard.

On ne peut en aucune manière comparer Du Cange à un lexicographe ordinaire ; chacun des mots qu'il recueillait était pour lui l'objet de rapprochements lumineux et de profondes recherches qui lui révélaient les mœurs, les usages, les lois de la monarchie française. Il n'est aucune question relative à ces vieux siècles, sur laquelle il ne fournisse des éclaircissements, et l'on est tout surpris, là où on croyait trouver seulement l'explication d'une phrase obscure, de rencontrer une dissertation savante où le sujet est épuisé.

Ce qui excite surtout l'admiration lorsqu'on prend connaissance des travaux de Du Cange, c'est qu'un homme seul et qui même, dit-on, ne se servit jamais de secrétaire, ait osé non seulement les concevoir, mais encore les exécuter. — Il est vrai qu'il avait mis un ordre si parfait dans ses études, il classait si méthodiquement tout ce que ses lectures lui offraient de digne de remarque, qu'il n'avait pas craint de s'engager dans des entreprises littéraires, qui ont exigé les efforts successifs de plusieurs générations d'érudits.

(1) M. l'abbé Corblet.

Aussi lorsqu'après sa mort on sentit le besoin, ou de continuer ses travaux, ou de réaliser les plans qu'il avait conçus, et dont il avait exposé le dessein, il ne se présenta, pour le remplacer, aucun homme, tel instruit et laborieux qu'il fût; il fallut qu'une réunion de savants, que la docte congrégation de St.-Benoit, qui a rendu aux sciences historiques des services si signalés, acceptât l'honneur périlleux de lui succéder.

Du Cange revécut pour ainsi dire dans ces religieux qui, livrés sans distraction, dans le silence du cloître, aux recherches érudites, reproduisirent son Glossaire avec des additions considérables.

Une des pensées les plus chères à Du Cange, celle dont il avait fait le rêve de son imagination, dont il s'était de bonne heure préoccupé, avait pour objet de réunir dans une seule collection tous les historiens des Gaules et de la France. Aussi on raconte que si, dans le cours d'une vie ordinairement calme et paisible, il éprouva une déception, un chagrin réel, c'est lorsqu'il vit des projets auxquels il attachait une juste importance, qu'il avait longuement médités, dont il avait exposé l'arrangement et indiqué les matériaux, n'être pas agréés par deux grands ministres, Colbert et Louvois, auxquels il les présenta; sans doute que ceux-ci avaient formé d'avance un autre plan pour l'exécution de cette vaste entreprise, dont la réalisation ne pouvait avoir lieu que sous les auspices du gouvernement.

C'est seulement un demi siècle environ après la mort de Du Cange que commença enfin ce grand travail, et c'est aussi un Amiénois, Dom Bouquet, qui eut le bonheur d'en publier les premiers volumes et d'accomplir ainsi un vœu si cher à son illustre compatriote. On voit que c'était toujours alors aux bénédictins qu'il fallait recourir, lorsqu'il s'agissait d'entreprendre de pénibles recherches, d'exécuter de longs travaux, au milieu desquels se consumait une existence entière dans l'humilité, dans l'abnégation, souvent dans un injuste oubli. Tels étaient d'autres enfants de St.-Benoit, aussi nos compatriotes, Dom Caffiaux et Dom Grenier qui, chargés d'écrire l'histoire de la Picardie, tout en rassemblant à grand peine d'immenses matériaux, ont tellement caché leur vie que, sans les investigations toutes récentes d'un de nos collègues (1) généreusement dévoué à leur réhabilitation, on ne saurait ni où virent le jour ces hommes laborieux, ni les dates de leur naissance et de leur mort.

La révolution de 1793, qui fit table rase de toutes les institutions du passé, en détruisant les corps savants aussi bien que les ordres religieux, laissa interrompus la plupart des grands ouvrages historiques dont la publication ne pouvait s'exécuter sans la subvention de l'Etat.

Ils ne furent repris que lorsqu'au commencement de ce siècle fut reformée, comme section de l'Institut national, l'ancienne Académie des inscriptions et belles lettres, et que ses membres, en acceptant l'héritage des Bénédictins, se dévouèrent à continuer leurs travaux et parurent, par cela même, rendre hommage à la mémoire de Du Cange, qui les avait commencés ou conçus. — Depuis lors, ce corps illustre n'a cessé de confier à ses membres les plus

(1) M. Damiens.

distingués des publications dont l'énumération succinte prouvera la haute valeur. — Ainsi, on leur doit la continuation de la collection des Historiens des Gaules et de la France, de celle des Ordonnances de nos rois, de celle des Diplômes et des Chartes, la suite de l'Histoire littéraire de la France et de la Notice des manuscrits. Ne semble-t-il pas que cette docte compagnie, en mettant au jour les documents sans nombre qui avaient été lus et cités par Du Cange, ait eu à cœur d'accroître sa gloire, en les faisant servir de preuve et de contrôle au trésor d'érudition renfermé dans ses glossaires.

Dans ces dernières années, elle a fait plus encore, pour réaliser les vœux formés par notre compatriote ; un des sujets auxquels il consacra particulièrement ses veilles, est l'histoire des Croisades et des établissements des Français dans les régions orientales où l'esprit guerrier de nos ayeux, excité encore par une fervente piété, accomplit jadis tant de prodiges. — Du Cange qui y avait été conduit par ses grands travaux sur les historiens byzantins, avait ouvert la carrière par ses belles éditions de Ville-Hardouin et de Joinville, et chacun sait qu'il a en outre laissé de très-importants manuscrits, entièrement rédigés, sur l'histoire des royaumes d'outre-mer (1).

C'est sur ce vaste et difficile sujet que l'Académie des inscriptions et belles lettres a commencé trois collections distinctes, où elle réunit tous les historiens des Croisades,

(1) A l'occasion de l'inauguration de la statue de Du Cange, M. de Falloux, ministre de l'instruction publique, a ordonné l'impression de ces manuscrits ; il avait aussi pris une décision pour que le Lycée d'Amiens reçût le nom de Lycée Du Cange.

selon qu'ils sont latins, grecs ou orientaux. De cette manière, puisant à toutes les sources, interrogeant à la fois les vainqueurs et les vaincus, les soldats du Christ et ceux de Mahomet, il est impossible de ne pas arriver à une connaissance suffisante de ces grands événements qui se sont passés bien loin de nous et dans un temps où l'ignorance était profonde.

Tant d'importants ouvrages, tous relatifs à notre histoire nationale, confiés aux savants dont la France s'honore le plus, ne suffisaient pas encore pour satisfaire notre besoin d'en bien connaître les évènements et les actes. — Au moins, un homme d'état célèbre, un profond historien (1) en a jugé ainsi ; et, après avoir constaté qu'une quantité considérable de faits étaient ignorés, qu'une plus grande quantité encore étaient mal connus, il a fondé, pendant qu'il était ministre de l'instruction publique, des Comités chargés de rechercher dans les dépôts d'archives, dans les bibliothèques et sur tout le sol de la France, quels sont les documents inédits ou les monuments des arts qui intéressent notre histoire, et d'en faire la matière d'une vaste publication ; aussi chaque année voit mettre au jour de vieux cartulaires, des papiers d'Etat, des correspondances administratives et diplomatiques, des légendes et des chroniques qui jettent une lumière toute nouvelle sur notre passé.

Parmi ces publications, il en est une qui nous intéresse d'une façon toute spéciale et où, par un heureux privilège, la ville d'Amiens, choisie entre toutes les autres,

(1) M. Guizot.

comme type et modèle des institutions du moyen-âge, y trouvera réuni, et de la manière la plus complète, tout ce qu'on a pu recueillir de titres, d'actes, de règlements relatifs à sa municipalité, dont l'organisation était jadis des plus remarquables, et à ses corporations d'arts et métiers qui, de tout temps, ont fait sa richesse et sa prospérité.

L'importance attachée à ces vieilles chartes, à ces titres poudreux, qui recèlent les éléments les plus positifs de notre histoire, et servent chaque jour à résoudre des questions de droit et d'administration d'un intérêt actuel ; le besoin de les déchiffrer et d'en saisir le véritable sens, a fait sentir l'utilité de créer une école spéciale de paléographie qui, dirigée par d'habiles professeurs, est chargée d'initier des jeunes gens déjà fort instruits à leur interprétation. Les savants ouvrages de Du Cange forment la base de leur enseignement ; aussi, demandez aux membres de l'Ecole des chartes ce qu'ils pensent de notre illustre compatriote, et s'il est à leurs yeux un nom plus digne de respect et d'hommage : l'un d'eux (1), qui est dans cette enceinte, m'écrivait il y a deux jours : *Du Cange est un demi-dieu pour nous, ce que nous savons, nous le lui devons presqu'en entier.*

Cependant, comme si les sommes que l'Etat consacre aux monuments historiques ne pouvaient encore satisfaire notre impatient désir de savoir, la Société particulière de l'histoire de France, constituée en 1834, et que soutiennent de nombreuses souscriptions, a en-

(1) M. Quicheral.

trepris, de son côté, une série de publications analogues
à celles des Comités du ministère de l'instruction publique, et paraissant aussi marcher sous les auspices
de Du Cange, dont les écrits sont des modèles qu'on
ne saurait trop imiter, s'attache à donner soit de
meilleures éditions de nos historiens, soit des pièces
inédites.

Jamais à aucune époque la recherche de la vérité historique n'a été facilitée par des secours plus abon-
dants, n'a été l'objet des travaux d'un plus grand
nombre d'hommes dévoués à son culte. Aussi des voix
plus imposantes que la mienne ont-elles dit qu'entre les
caractères qui distingueront un jour le xix.ᵉ siècle, il
faudra noter l'ardeur qui pousse à l'étude de l'histoire,
cette véritable institutrice des nations et de ceux qui les
gouvernent à quelque titre que ce soit.

Mais ce n'est pas seulement à Paris, et parmi les savants de profession, qu'elle compte des adeptes. Aucune
des parties de la France n'est actuellement étrangère à
cette exploration générale de tous les vestiges du passé et
au culte des vieux souvenirs. — Des Sociétés d'Antiquaires se sont fondées presque simultanément dans les
principales de nos anciennes provinces, dans la Norman-
die, l'Artois, le Poitou, le Languedoc; toutes animées
du même esprit, ne rivalisent que par leurs efforts
généreux, pour réveiller autour d'elles l'amour de la
patrie, inspirer le goût d'une instruction solide et le
respect dû aux traditions des anciens âges. En arrachant
à l'oubli et à la destruction les actes et les monuments de
leur histoire, en rassemblant les éléments dont peut se

composer un tableau fidèle des époques antérieures, elles restituent en quelque manière à nos provinces cette individualité, cette vie active et indépendante, qui caractérisait chacune d'elles et leur imprimait un cachet tout spécial qu'elles ont commencé seulement à perdre sous la monarchie de Louis XIV, et que la division en départements avait pour but de détruire entièrement.

Vous voyez, Messieurs, de quelle noble et nombreuse famille Du Cange peut-être considéré comme l'ancêtre légitime; il semble que toujours présent, il encourage par son exemple, comme il éclaire par ses ouvrages, tous ceux qui se dévouent aux recherches érudites; peut-on choisir, pour personnifier les travaux historiques, un nom, une image plus digne de nos respects, plus sympathique à toutes les intelligences. — Qui pourrait ne pas applaudir au projet, si heureusement réalisé, de lui élever une statue.

Les anciens et avant tout les Grecs, cette race privilégiée qui l'a emporté par la supériorité de l'intelligence et le sentiment exquis du beau et du bon sur les autres peuples, à qui nous devons tout ce qu'il y a d'élevé dans nos pensées, de goût dans nos jugements, les Grecs, dis-je, dès qu'ils se furent civilisés, donnèrent place dans leur gracieuse mythologie à la mémoire qui n'oublie rien de ce qui peut intéresser l'humanité et recueille les faits, aussi bien qu'à l'histoire qui les conserve et les raconte pour l'instruction des peuples; ils en avaient fait des divinités, c'étaient les muses Mnémosyne et Clio; elles n'étaient pas des allégories, mais des personnages dont on connaissait la famille et la généalogie, elles habitaient les riantes vallées du Pinde et étaient guidées dans leurs occupations par le dieu du jour qui accompagnait des accords de sa lyre leurs pas cadencés. Dès les premiers temps, on rendit donc un hommage, un culte, à ces dons du génie qui éclairent l'homme et lui assignent une place à part dans la création.

Plus tard, lorsque par suite du changement des idées et des prétendus progrès de la raison, l'olympe des anciens eut perdu son prestige, que ses divinités vieillies cessèrent d'avoir droit à notre croyance, on n'en continua pas moins d'honorer la science, l'érudition et les beaux-arts, et on chercha à les représenter par des figures allégoriques. Mais quel rôle ingrat fut alors réservé aux artistes !

Chargés d'inventer cette personnification d'êtres abstraits, sans corps et sans formes déterminées, incertains sur leurs caractères, sur les symboles qui leur appartiennent, leurs productions eurent ce vague, cette indécision qui paralyse le talent et laisse froid le spectateur.

Permettez-moi, Messieurs, de choisir un exemple :

Est-il une invention des temps modernes qui puisse égaler en importance celle de l'imprimerie ; quel puissant instrument elle donne à la pensée ; comme par son moyen celle-ci se multiplie, rayonne en tout sens et féconde les intelligences ; mais comment la figurer, sera-ce par un homme de peine faisant gémir la presse sous ses bras vigoureux, ou bien par une femme délicate occupée à lire des pages dont rien n'indique le sujet ; est-ce un roman frivole ou une composition sérieuse ?

Aucune de ces deux figures ne peut satisfaire le gout. — On a donc préféré dans ces derniers temps, et avec grande raison, l'image d'un homme à qui on pût faire honneur de cette belle découverte. Mais quel est cet inventeur, sous quel nom se cache-t-il? On l'ignore encore. Est-ce Guttemberg? Est-ce Fust ou Schœffer, ou bien peut-être encore Coster de Harlem ? Rien n'est diffi- cile à résoudre comme ces origines qui n'ont été débattues que tardivement et lorsque les élémens de conviction avaient en grande partie disparu.

La rivalité de deux villes qui prétendent l'une et l'autre à la priorité, le besoin d'être reconnaissant envers un grand bienfait, a tranché une question douteuse. Mayence et Strasbourg ont chacune élevé une statue à Guttemberg. Celui-ci l'a donc emporté sur ses rivaux, et quoiqu'il n'ait signé de son nom aucun des incunables du xv.ᵉ siècle, quoiqu'aux yeux des meilleurs critiques les droits de Schœffer paraissent moins incertains, d'unanimes acclamations ont salué sur les rives du Rhin ses statues. Des fêtes brillantes ont célébré leur inauguration et c'était justice, car à nos yeux, aux yeux des populations accourues de partout pour y prendre part, Guttemberg est un mythe, le mythe de la typographie, comme Tripto- leme était celui de l'agriculture, chez les premiers habi- tants de l'Attique. Ses images, imposantes créations du ciseau de Thorwaldsen et de notre David, valent mille fois mieux que d'insignifiantes allégories auxquelles on a eu bien raison de renoncer.

Cependant si l'imprimerie, ce mécanisme ingénieux auquel on doit la reproduction illimitée de l'écriture est une invention d'une grande importance, elle occupe dans l'ordre des choses un rang secondaire relativement à ces œuvres de l'intelligence qu'elle a pour mission de multiplier, qui apprennent à l'homme à se connaître, à juger sainement du présent en le comparant au passé, qui lui enseignent à remplir ses devoirs et à user de ses droits de la manière la plus utile et la plus honorable. C'est surtout à l'histoire qu'il appartient de donner ces grandes leçons et, lorsqu'on interroge ce miroir où se réfléchissent, comme dans une scène vivante, les faits et les événements qui caractérisent les principales époques de l'humanité, il faut en rendre grâce à ces hommes rares qui ont consumé leur vie dans les labeurs de l'érudition et sont parvenus, à force de pénétration et de savoir, à le dégager des voiles qui pendant si longtemps l'avaient recouvert.

Il n'en est pas heureusement de Du Cange comme de Guttemberg, nous n'en sommes pas réduits à des conjectures sur sa personne et sur les services éminents qu'il a rendus aux sciences historiques. — Aussi, de l'aveu de tous les savants, a-t-il des titres nombreux et incontestables à l'honneur de les représenter, et l'hommage que nous allons lui rendre, n'est que la confirmation du jugement que la postérité a depuis longtemps porté sur lui.

Amiens. — Imp. de Duval et Herment, place Périgord, 3.

18

www.ingramcontent.com/pod-product-compliance
Lightning Source LLC
Chambersburg PA
CBHW061630180626
46818CB00005B/2315